# LA FAMILLE RATA

PAR ROMAIN SIMON

ALBUMS DU PÈRE CASTOR • FLAMMARION

© Flammarion 1967 — Imprimé en France
ISBN : 2-08-161118-4 — ISSN : 0768-3340

2

C'est la famille Rataton :
il y a M. Rataton, il y a Mme Rataton,
il y a les trois enfants Rataton.
M. Rataton est en train de boire
du café au lait bien sucré.
Mme Rataton range ses provisions
dans l'armoire.

— Tu devrais aller me chercher
quelques graines pour le dessert,
dit-elle à M. Rataton.
— Bon, dit M. Rataton, j'y vais.

Au revoir les enfants, au revoir Doucette.
Il prend deux petits paniers.
Il embrasse tendrement Mme Rataton.
Et floup ! il court dans la campagne.
Pendant ce temps-là,
Mme Rataton balaye les longs couloirs de sa maison,
creusée dans la terre.

Et quand elle a fini son ménage,
elle va promener ses enfants :
— Allons, marchez devant, dit Mme Rataton,
ne vous éloignez pas
et ne vous faites pas remarquer
en poussant des cris.
— Oui maman ! non, maman !

De son côté, M. Rataton a ramassé
de bonnes petites graines.
Il rentre tout content.
Mais le zèbre et la girafe se moquent de lui.
Tous les matins, c'est comme ça.
— Qu'il est petit, qu'il est petit !
si encore il était rayé! dit le zèbre.

— Ou s'il avait un long cou! dit la girafe.
M. Rataton est triste, avec ses petits paniers.
Il se dit : « comme il fait bon être chez soi,
sans ces grosses bêtes qui se moquent de vous ».

En revenant de promenade avec ses enfants,
Mme Rataton rencontre le singe.
Il rit en les voyant passer.
— Hi, hi ! ha, ha ! qu'ils sont petits,
que c'est drôle ! hi, hi ! ha, ha !
— Tenez-vous bien, mes enfants,
dit Mme Rataton, ne vous retournez pas.
Et elle pense :
« si nous sommes petits, lui, il est bien laid ».

Les Rataton se retrouvent tous chez eux.
— C'est tout de même malheureux d'être si petits, dit M. Rataton.

— Nous sommes très bien ainsi, et nous sommes beaucoup plus gros que les fourmis, dit Mme Rataton.
— Ça c'est bien vrai, dit M. Rataton.
— Tu sais, tu devrais creuser un couloir pour faire une autre sortie. Comme cela, nous ne serions pas obligés de passer devant le zèbre, la girafe et le singe, dit Mme Rataton.

— C'est une bonne idée, dit M. Rataton.
Il va chercher une pelle, une pioche,
et il creuse la nouvelle galerie.
Les petits Rataton dansent et chantent :
— On va avoir un nouveau couloir ! tralala !
une nouvelle sortie ! tralala ! tralali !
Monsieur Rataton pioche et creuse longtemps.

Il a bien chaud !
Ouf ! Il se repose un moment...
Les enfants sont curieux de savoir
où va déboucher la nouvelle sortie.
Enfin, ça y est ! Le couloir est percé.
Les Rataton mettent leur museau dehors,
leurs moustaches tremblent de plaisir.

Mais en levant la tête,
M. Rataton voit UN LION !
Un vrai lion avec une crinière
et d'énormes pattes.

M. Rataton tombe à genoux.
— Ne me mangez pas, M. le Lion !
Mme Rataton serait bien ennuyée
et mes enfants
lui donneraient trop de soucis sans moi.
Ce lion-là est un brave lion, ça tombe bien.
— N'ayez pas peur, dit-il,
même si j'avais faim,
je ne vous mangerais pas.
— Oh ! merci, M. le Lion ! Merci !

Si vous avez besoin de moi,
ne vous gênez pas,
venez me chercher.
J'habite là. Vous voyez,
nous sommes voisins :
demandez M. Rataton.
— Entendu, dit le lion.
Il est très amusé
et il se demande
comment un si petit animal
pourrait lui rendre service !
— Au revoir, M. le Lion.
Mes enfants,
dites bien au revoir à M. le Lion.

Mme Rataton commence à être inquiète.
Elle va voir ce qui se passe.
— Regarde le lion qui s'en va, dit M. Rataton,
c'est mon ami,
il ne nous a pas fait de mal !
Un lion très poli et qui sait parler
aux bêtes plus petites que lui.
— C'est un brave lion, dit Mme Rataton.
Mais il faut aller à table maintenant.
Lavez-vous bien les mains, mes enfants.
Et toute la famille :
papa, maman, les trois petits Rataton,
dinent et vont se coucher.

Dans la nuit, M. Rataton est réveillé
par un long rugissement : « Rrôâô... Rrôâô ».
— C'est le lion, se dit M. Rataton.
Il doit avoir besoin de moi.
Vite, mon pantalon, mon cache-nez !

Monsieur Rataton court, court.
— Rrôâô... Rrrôâô... Rrôâô...
Le lion s'est pris dans un piège.
Il est emprisonné
dans les mailles d'un grand filet.

Plus il se débat, plus les cordes le serrent.
Il a l'air très malheureux.
— M. le Lion, c'est moi... M. Rataton,
vous savez, votre voisin,
ne bougez pas, attendez un moment :
je vais vous délivrer.

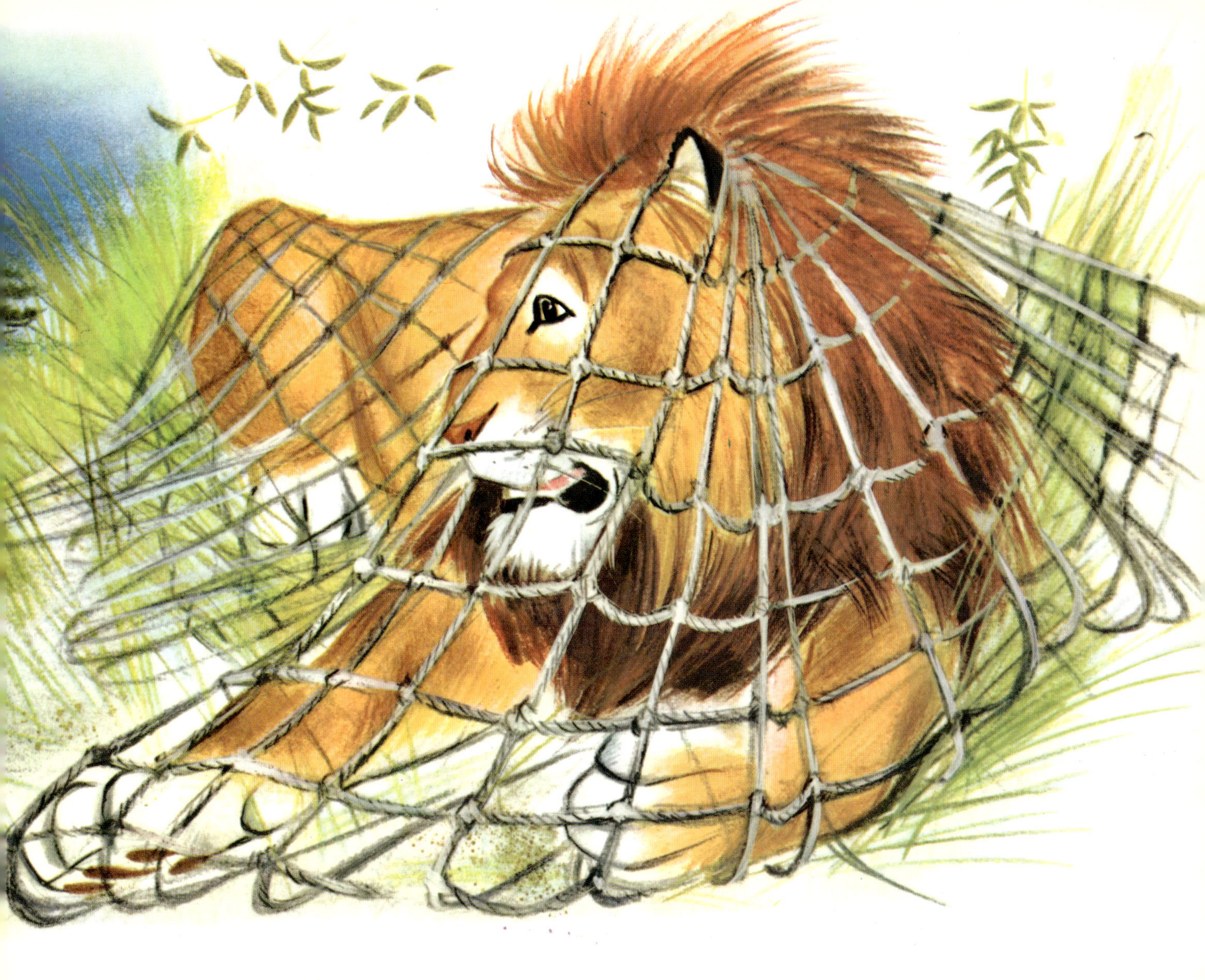

Monsieur Rataton court chez lui.
Il réveille Mme Rataton, il réveille ses enfants.
Puis il prend deux bonnes scies.
Mme Rataton emporte des provisions.
Les enfants Rataton trouvent cela très drôle.
Ce n'est pas souvent
que l'on sort en pleine nuit.

A l'ouvrage !
M. et Mme Rataton
scient les cordes brin à brin.
Les enfants grimpent
et jouent dans le filet.
Le lion essaie de remuer,
il souffle très fort.

— Nous allons y arriver, M. le Lion, patience.
Ne vous énervez pas.

— Si vous le permettez, M. le Lion,
dit Mme Rataton,
nous allons nous arrêter un moment.
Il faut manger et boire un peu,
nous travaillerons mieux ensuite.
On mange, on boit
et on se remet au travail.
Les scies vont plus vite.
Les mailles craquent une à une.
Les cordes ne tiennent presque plus.

Le lion se soulève... et crâââc...
tout le filet se déchire : le lion est libre,
le lion gambade,
les Rataton dansent de joie.
— Merci, merci chers amis.
— Ça n'est rien, M. le Lion,
tout à votre service, au revoir.
— Mais non, mais non, dit le lion,
je ne peux pas vous quitter comme ça.
Regardez, le jour se lève.

Montez sur mon dos, nous allons faire une promenade.

Les petits Rataton montent les premiers.
— Tenez-vous bien à ma crinière, les enfants,
dit le lion.
Puis c'est au tour de M. Rataton.
Mme Rataton monte la dernière
et s'assied à côté de M. Rataton.
— En route, dit le lion.

Les Rataton, tout fiers,
passent devant le zèbre, la girafe et le singe.
— Ce n'est pas le moment
de se moquer des Rataton,
chuchote le zèbre à la girafe.

Le singe n'est pas tranquille. Le lion a l'air de lui dire :
« Ce sont mes amis maintenant.
Je te conseille de ne jamais te moquer d'eux. »
C'est une belle promenade que font les Rataton
sur le dos de leur ami.
Ils s'en souviendront longtemps.

Aubin Imprimeur, Poitiers — 11-1994. Dépôt légal : 4ᵉ trimestre 1967. Flammarion et Cie, éditeurs (Nº 17921). Nº d'impression P 48007
Loi nº 49-956 du 16 juillet 1949 sur les publications destinées à la jeunesse